L'UNION EUROPÉENNE

SOMMAIRE

Nous remercions le journal Mon Quotidien, un quotidien d'actualité pour les enfants qui publie chaque jour une infographie destinée aux 10-14 ans.

ISBN : 978-2-8096-006-3. Loi n° 49956 du 16 juillet 1949 sur les publications destinées à la jeunesse.
Dépôt légal : septembre 2007. Imprimé en Espagne.

2 La construction de l'Union européenne

L'idée d'une Union européenne (UE) est lancée le 9 mai 1950 par Robert Schuman, ministre français des Affaires étrangères, pour favoriser l'établissement d'une paix durable. La première étape de la construction date du 18 avril 1951 : 6 pays s'unissent autour de la Communauté européenne du charbon et de l'acier (CECA). La construction de l'Union européenne se fait ensuite progressivement, au fil de différents traités et élargissements.

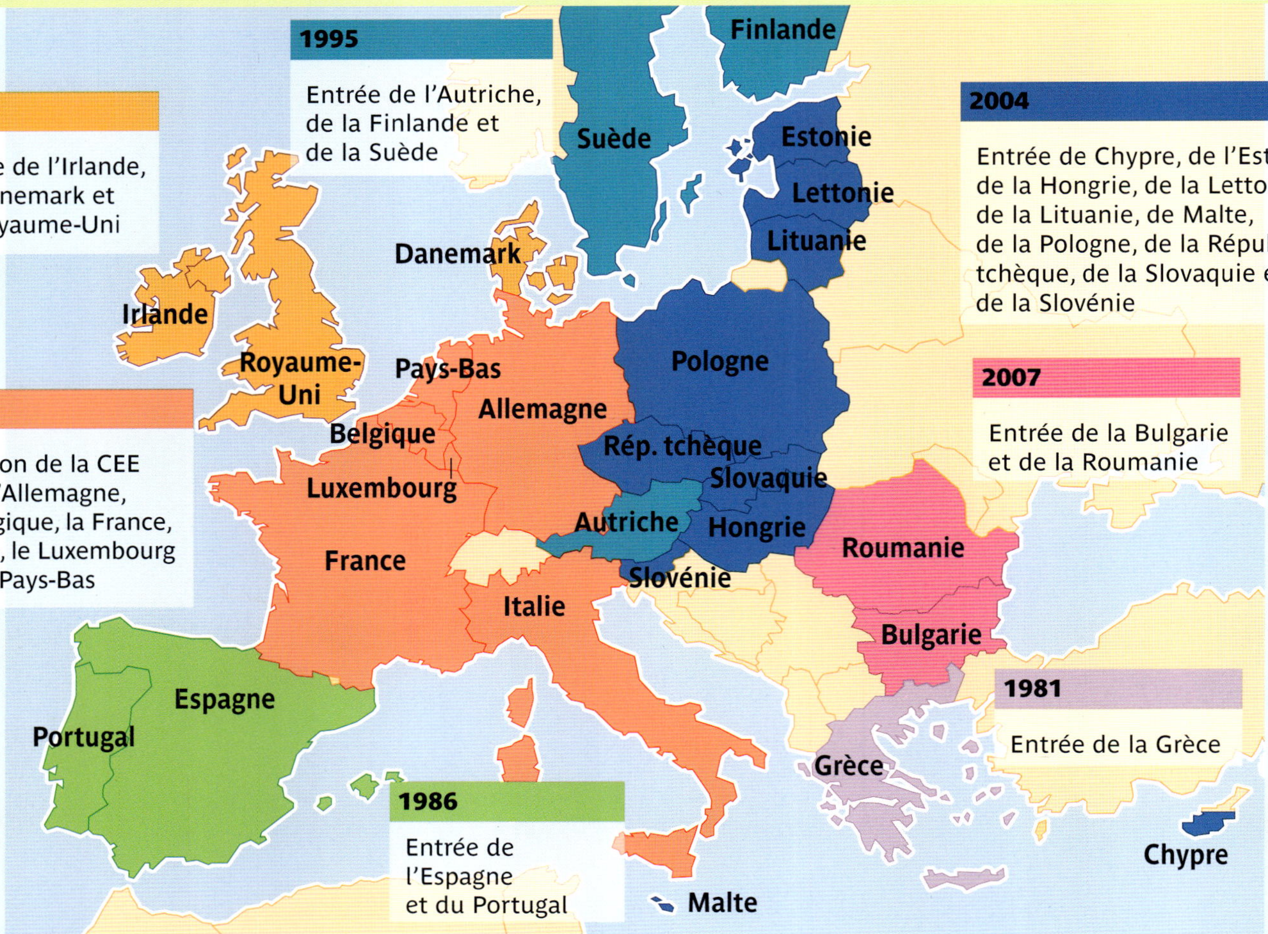

Le traité de Paris
18 avril 1951

Robert Schuman, le ministre français des Affaires étrangères, propose, le 9 mai 1950, que certains pays européens unissent leur production de charbon et d'acier. Le charbon était à l'époque la principale source d'énergie et l'acier la base des industries d'armement. La CECA (Communauté Européenne du Charbon et de l'Acier), voit le jour le 18 avril 1951 avec six pays.

Le traité de Rome
25 mars 1957

Il crée la CEE (Communauté Économique Européenne), composée des 6 pays membres de la CECA (voir carte). En 1995, il y avait 15 pays membres. Aujourd'hui, il y en a 27.

Les accords de Schengen
14 juin 1985

À l'intérieur de la CEE, les contrôles aux frontières sont supprimés : les marchandises et les hommes peuvent ainsi circuler librement.

Le traité de Maastricht
7 février 1992

On passe de la CEE à l'UE (Union Européenne) qui n'est pas seulement économique, mais aussi politique. Elle peut légiférer dans les domaines de l'éducation, de l'environnement, de la lutte contre la drogue...

Le passage à l'euro
À partir de 2002

Sur les 15 pays de l'UE, 12 participent à l'euro. Cette nouvelle monnaie est en circulation depuis le 1er janvier 2002.

DICO Légiférer : *faire une loi.*

À RETENIR

1 Afin d'éviter une nouvelle guerre, 6 pays européens s'unissent en 1951 autour de la Communauté européenne du charbon et de l'acier (CECA).

2 En 1957, le traité de Rome donne naissance à la Communauté économique européenne (CEE).

3 En 1992, la CEE devient Union européenne (UE) grâce au traité de Maastricht. L'union est économique et politique.

4 En janvier 2002, l'euro devient la monnaie de 12 pays.

5 Entre 1951 et aujourd'hui, l'UE s'est élargie peu à peu pour arriver à 27 membres.

Les pays membres de l'Union européenne

Les 27 pays membres de l'Union européenne ont des superficies différentes et des tailles de population variées. Ensemble, ils forment un espace d'environ 4,3 millions de km² et peuplé de près de 482 millions d'habitants. La population de l'Union européenne (UE) arrive en troisième position au classement mondial, derrière la Chine et l'Inde.

À RETENIR

❶ L'Union européenne (UE) comprend 27 pays pour une superficie de 4,3 millions de km² et près de 482 millions d'habitants.

❷ La France est le pays le plus grand en superficie avec 549 000 km² et Malte le plus petit avec 316 km².

❸ Avec 82 millions d'habitants, l'Allemagne a la population la plus importante.

❹ Malte et le Luxembourg ont la population la moins importante avec moins de 500 000 habitants chacun.

L'économie de l'Union européenne

L'un des principaux objectifs de l'Union européenne est le progrès économique. Entre les différents États membres, il existe de grandes différences économiques. Le taux de chômage varie selon les pays (plus élevé à l'est qu'à l'ouest).

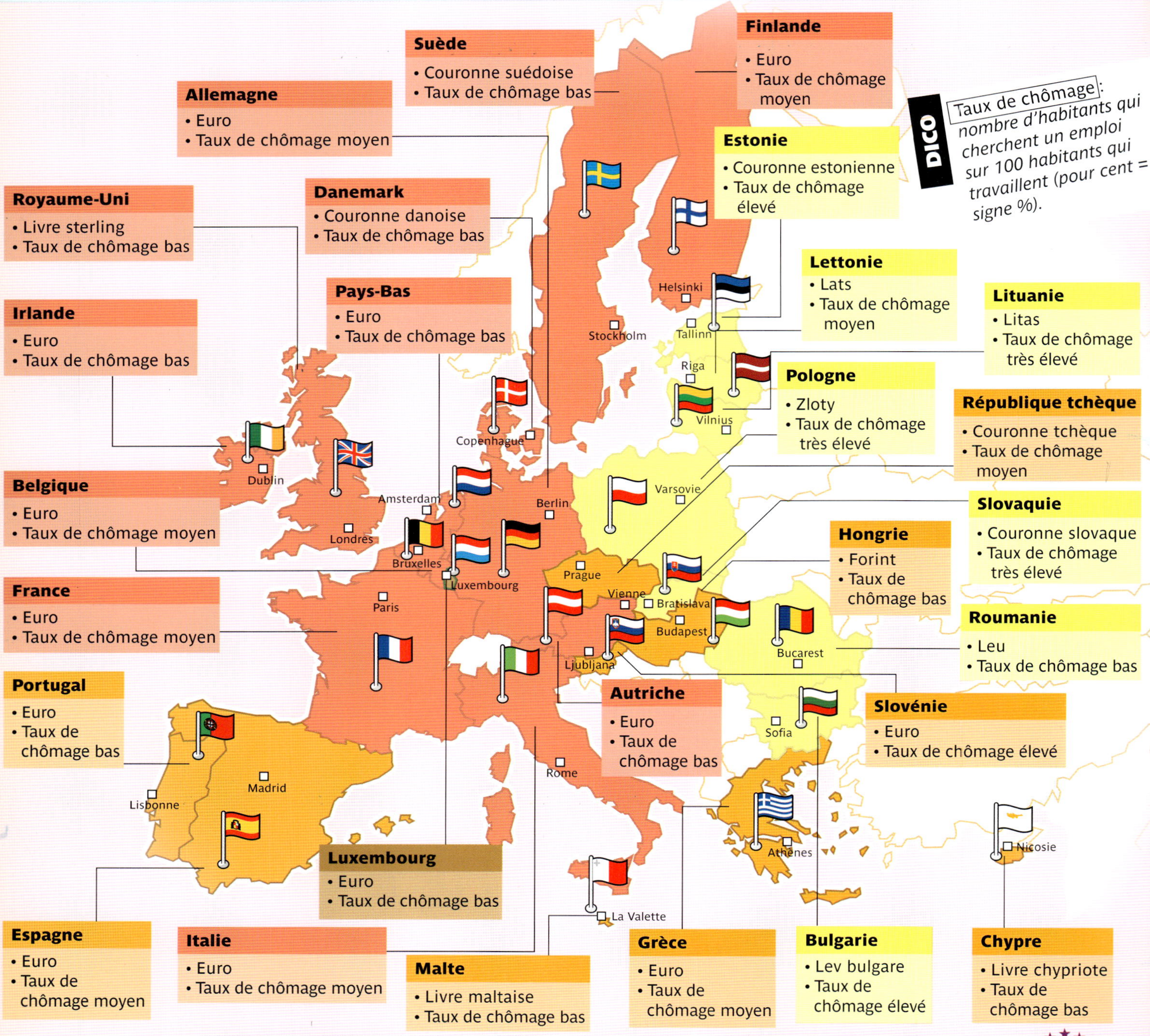

DICO Taux de chômage : nombre d'habitants qui cherchent un emploi sur 100 habitants qui travaillent (pour cent = signe %).

Niveau de richesse	Taux de chômage
Très élevé	• Bas = moins de 6 %
Élevé	• Moyen = entre 6 et 12 %
Moyen	• Élevé = plus de 12 %
Bas	

Critères de convergence

Pour pouvoir entrer dans la zone euro, les pays de l'Union européenne doivent remplir certaines conditions :
Les gouvernements doivent limiter leurs dépenses pour éviter d'être trop endettés.
Les prix doivent peu varier et surtout ne pas trop augmenter.
Ces pays doivent avoir une économie en bonne santé.

À RETENIR

❶ L'Union européenne (UE) est une zone globalement riche, mais le niveau de richesse et le taux de chômage sont différents suivant les pays.

❷ Le pays le plus riche de l'UE est le Luxembourg et le plus pauvre est la Lettonie.

❸ Le taux de chômage le plus élevé est en Pologne et le plus bas à Chypre.

❹ Depuis 2002, 13 pays sont passés à la monnaie commune : l'euro. Certains pays ont préféré garder leur monnaie nationale (Danemark, Royaume-Uni et Suède).

Des régimes politiques différents

Parmi les 27 gouvernements européens, il existe 3 régimes politiques différents : des républiques (comme en France), des républiques fédérales qui regroupent plusieurs États (comme en Allemagne) et des monarchies parlementaires (comme en Espagne). La seule condition pour appartenir à l'Europe est d'être une démocratie, afin de garantir la liberté et la volonté du peuple.

République

C'est un régime politique dans lequel le pouvoir est partagé entre un président et des représentants élus par le peuple. Dans certains pays, le rôle du président est limité et c'est le Premier ministre qui gouverne.

République fédérale

C'est un régime politique dans lequel le gouvernement central partage le pouvoir avec les États qui forment le pays. Le Premier ministre est appelé chancelier.

Monarchie parlementaire

C'est un régime politique dirigé par un souverain héréditaire, mais dans lequel le pouvoir revient à un gouvernement responsable devant le Parlement.

DICO

Démocratique : qui respecte la volonté du peuple.

Gouverner : diriger un pays.

Héréditaire : qui se transmet des parents aux enfants.

Parlement : assemblée chargée d'élaborer et de voter les lois.

À RETENIR

1. Tous les pays de l'Union européenne (UE) ne sont pas gouvernés de la même façon : il y a plusieurs régimes politiques. Mais tous sont démocratiques.
2. Dirigés par un roi, une reine ou un grand-duc, 7 pays sont des monarchies (Belgique, Danemark, Espagne, Luxembourg, Pays-Bas, Royaume-Uni et Suède).
3. Les républiques dirigées par un présidents sont au nombre de 18.
4. Les 2 pays restants (Autriche et Allemagne) sont des républiques fédérales, composées de plusieurs États.

Des langues très variées

Il n'y a pas une langue unique dans l'Union Européenne. Chaque pays garde sa langue nationale en adhérant à l'UE. Néanmoins, certaines langues ont la même origine. On en compte 6 : les langues romanes, grecques, balto-slaves, finno-ougriennes, germaniques et sémitique (seulement pour Malte).

Les pays de langue germanique

Les pays de langue germanique sont le Royaume-Uni, l'Irlande, l'Allemagne, l'Autriche, les Pays-Bas, la Belgique (en partie), le Luxembourg (en partie), le Danemark et la Suède. Cette langue était parlée par les peuples germaniques qui vivaient au nord-est de l'Empire romain. Elle fait partie de la famille indo-européenne. « Bonjour » se dit *guten morgen* en allemand, *goedemorgen* en hollandais, *god morgen* en danois et *good morning* en anglais.

Les pays de langue finno-ougrienne

Les pays de langue finno-ougrienne sont l'Estonie, la Finlande et la Hongrie. C'est une langue de la famille ouralienne. « Bonne nuit » se dit *head ööden* en estonien et *hyvää yötä* en finnois, la langue de Finlande.

Les pays de langue balto-slave

Les pays de langue balto-slave sont la République tchèque, la Bulgarie, la Pologne, la Slovaquie, la Slovénie, la Lettonie et la Lituanie. La langue balto-slave fait partie de la famille indo-européenne. « Bonne nuit » se dit *dobranoc* en polonais, *dobrú noc* en slovaque et *dobrou noc* en tchèque.

Les pays de langue sémitique

Malte est le seul pays de langue sémitique, qui vient de l'arabe et s'écrit avec un alphabet latin. Elle appartient à la famille afro-asiatique. En plus du maltais, l'anglais est l'autre langue officielle de Malte.

Les pays de langue romane

Les pays de langue romane sont l'Espagne, l'Italie, la Roumanie, le Portugal, la France, la Belgique (en partie) et le Luxembourg (en partie). Cette langue est issue du latin (la langue de l'Empire romain) et appartient à la famille indo-européenne. « Bonjour » se dit *buongiorno* en italien, *buenos días* en espagnol, *bom dia* en portugais.

Les pays de langue grecque

Les pays de langue grecque sont la Grèce et Chypre. Elle vient directement du grec ancien qui était parlé dans l'Antiquité et possède son propre alphabet, qui s'écrit avec des caractères différents du nôtre. C'est une langue de la famille indo-européenne.

À RETENIR

❶ Il existe 23 langues officielles dans l'Union européenne. Dans les pays du Sud, on parle des langues d'origine romane comme l'italien ou l'espagnol.

❷ En Europe centrale, on trouve des langues balto-slaves comme le tchèque ou le lituanien.

❸ Plus au nord, comme en Allemagne ou en Suède, on parle des langues d'origine germanique.

❹ Au nord-est, les langues parlées sont d'origine finno-ougrienne comme en Estonie ou en Finlande.

❺ En Grèce et à Chypre, on parle grec et à Malte, maltais ou anglais.

Les religions dans l'Union européenne

Le christianisme est la religion la plus répandue dans l'Union européenne. Elle regroupe 3 branches principales : les catholiques, les protestants et les orthodoxes. Les chrétiens croient en Jésus-Christ et lisent la Bible. Mais, en fonction de leurs branches, ils l'interprètent différemment. Des religions minoritaires, comme le judaïsme et l'islam sont également présentes dans les pays de l'Union européenne.

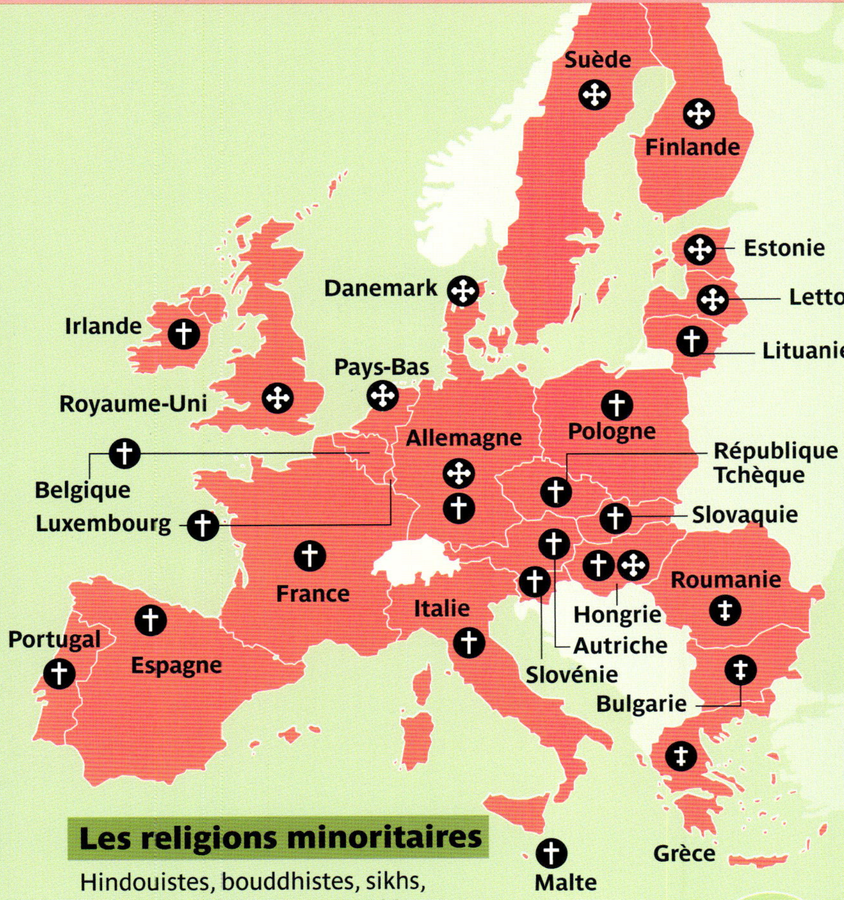

Le christianisme est la religion la plus représentée dans l'Union européenne (UE). Les chrétiens croient en Jésus-Christ et lisent la Bible, composée de l'Ancien Testament et du Nouveau Testament. Mais, suivant leur branche, ils l'interprètent différemment :

Le pape

Les catholiques

La majorité des catholiques se trouve surtout dans les pays du sud de l'Europe. Ils sont fidèles au pape, le chef de l'Église catholique, qui siège au Vatican, à Rome (Italie). Ces croyants se réunissent dans des églises où des prêtres célèbrent la messe.

Un pasteur

Les protestants

Les protestants sont surtout présents en Europe du Nord. Ils se rendent dans des temples où le pasteur est l'équivalent du prêtre. À la différence des catholiques, les protestants n'ont pas de chef religieux comme le pape.

Un pope

Les orthodoxes

Ils sont surtout présents dans les pays du sud-est de l'Europe. Ils sont fidèles au patriarche orthodoxe de Constantinople (ancien nom d'Istanbul en Turquie). Ils prient dans des églises décorées d'icônes où des popes célèbrent le culte.

Les religions minoritaires

Hindouistes, bouddhistes, sikhs, taoïstes... L'UE compte aussi beaucoup d'autres religions, venues de pays d'Asie, qui sont très minoritaires.

Un rabbin

Les juifs

Le judaïsme est l'une des plus vieilles religions monothéistes. Les juifs sont peu nombreux en Europe, mais il y a des communautés religieuses dans tous les pays de l'UE. Le rabbin, chef religieux, guide les croyants qui se regroupent dans des synagogues.

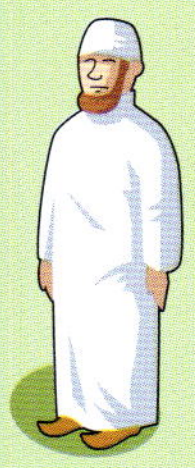
Un imam

Les musulmans

Les musulmans obéissent au Coran, un texte sacré révélé à Mahomet par Allah (Dieu). Au cours du Moyen Âge, cette religion s'est répandue dans le sud de l'Europe. Aujourd'hui, les principaux pays européens où vivent des musulmans sont la Grande-Bretagne, l'Allemagne, la France, les Pays-Bas, Chypre et la Slovénie. Le vendredi, les croyants se réunissent à la mosquée pour prier sous la conduite d'un imam, chef religieux.

DICO

Icône : *peinture religieuse faite sur des panneaux de bois.*

Interpréter (ici) : *comprendre les textes religieux d'une certaine façon.*

Monothéiste : *qui croit en un dieu unique.*

Siéger : *gouverner depuis un lieu.*

À RETENIR

1 La majorité des croyants de l'UE est de religion chrétienne.

2 Au sud et au centre de l'Europe, il y a surtout des catholiques : Italie, France, Espagne, Portugal, Autriche, Malte, Hongrie, Slovénie et Slovaquie. Les Polonais, les Lituaniens et les Irlandais sont aussi principalement catholiques.

3 Dans les pays du Nord, les croyants sont majoritairement protestants.

4 La Grèce, Chypre, la Bulgarie et la Roumanie sont les seuls pays majoritairement orthodoxes de l'UE.

5 Les musulmans et les juifs sont présents partout en Europe, mais ils sont en minorité.

8 Les principales institutions européennes

Pour prendre les décisions communes à tous les pays membres, l'UE a mis en place des institutions. Ces dernières, réparties entre 4 villes européennes (Bruxelles, Luxembourg, Strasbourg, Francfort) dirigent toute l'Europe.

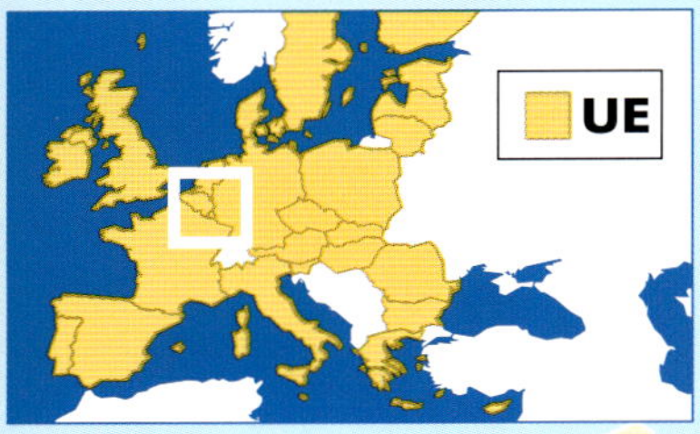

Francfort

★ La Banque centrale européenne

Elle est responsable de la politique monétaire et de la gestion de l'euro.

★ La Banque européenne d'investissement

Elle finance les grands projets de l'UE. Par exemple, en France, l'argent prêté par cette institution a permis d'améliorer les chemins de fer en Bretagne, de développer la chaîne de télévision Arte, de reconstruire des zones victimes d'inondations…

Bruxelles

★ La Commission européenne

Elle propose des lois et vérifie qu'elles sont bien appliquées dans chaque pays.
☺ **27 commissaires nommés** pour **5 ans**.

★ Le Conseil de l'Union européenne

Il vote les lois européennes. Il réunit plusieurs fois par mois des ministres des pays de l'UE en fonction du sujet abordé : s'il s'agit d'agriculture, c'est le ministre de l'Agriculture de chaque pays qui fera partie du Conseil.
☺ **27 ministres.**

★ Le Comité économique et social

Il exprime les opinions de la société européenne : entreprises, agriculteurs, artisans, familles…
☺ **344 membres** nommés pour **4 ans.**

★ Le Comité des régions

Il représente les communes, les départements et les régions d'Europe.
☺ **344 membres** nommés pour **4 ans.**

Strasbourg

★ Le Parlement européen

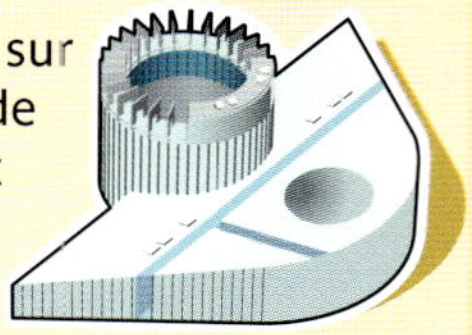

Il donne son avis sur les propositions de la Commission et vote le budget de l'UE.
☺ **785 députés** élus par les citoyens de l'UE pour **5 ans.**

★ Le médiateur européen

Il traite les plaintes des citoyens pour mauvais fonctionnement des institutions européennes.
☺ Nommé par le Parlement européen pour **5 ans.**

ALLEMAGNE
BELGIQUE
Bruxelles
Francfort
Luxembourg
Paris
FRANCE
Strasbourg
LUXEMBOURG

Luxembourg

★ La Cour de justice

Elle garantit le respect de la loi européenne.
☺ **27 juges** nommés pour **6 ans.**

★ La Cour des comptes

Elle vérifie que l'argent de l'UE est utilisé correctement.
☺ **27 membres** nommés pour **6 ans.**

Chacun son tour

★ Le Conseil européen

Il fixe les grandes orientations de la politique européenne.
☺ Composé des chefs d'État ou de gouvernement des pays de l'UE et du président de la Commission, il se réunit au moins **2 fois par an** dans le pays qui assure la présidence de l'Union européenne.

DICO

Budget : somme d'argent fixée à l'avance

Gouvernement : ensemble des ministres qui dirigent un pays.

À RETENIR

1. **Les institutions européennes sont situées au centre de l'Union.**
2. **Les grands projets de l'Union européenne (UE) sont décidés par le Conseil européen.**
3. **La Commission européenne, qui propose les lois, et le Conseil de l'Union européenne, qui les vote, sont à Bruxelles, en Belgique.**
4. **La 3e institution importante, le Parlement européen, se trouve à Strasbourg, en France. Il donne son avis sur les propositions de la Commission européenne.**
5. **D'autres institutions sont à Francfort, en Allemagne, et à Luxembourg.**

Le Parlement européen

Les lois européennes sont votées par le Parlement européen, à Strasbourg. Il est composé de 785 membres issus des 27 pays de l'UE, élus tous les 5 ans par les citoyens européens afin de représenter leurs intérêts. Contrairement aux autres institutions européennes, ces parlementaires travaillent dans les 23 langues officielles de l'UE.

Son fonctionnement

Le Parlement européen a pour mission d'adopter ou de refuser le budget de l'Union européenne, d'examiner et de voter les lois.

L'organisation

Le bureau du Parlement dirige toutes les activités du Parlement. Il est composé d'un président et de 26 vice-présidents.

Les députés

Les députés ne sont pas regroupés par pays, mais par partis politiques. Par exemple, les députés de tous les partis socialistes des 27 pays de l'Union européenne sont réunis en un seul groupe au Parlement.

Les commissions

Les 785 députés se répartissent en 20 commissions (Affaires étrangères, Éducation, Emploi…). Ces commissions préparent les travaux des sessions plénières.

Les langues

Tous les débats sont traduits en 23 langues : espagnol, français, anglais, irlandais, danois, bulgare, roumain, allemand, grec, italien, néerlandais, portugais, finnois, suédois, tchèque, estonien, letton, lituanien, hongrois, maltais, polonais, slovaque, slovène.

Le nombre de sièges par pays membre

DICO Session plénière : *période pendant laquelle une assemblée se réunit au complet.*

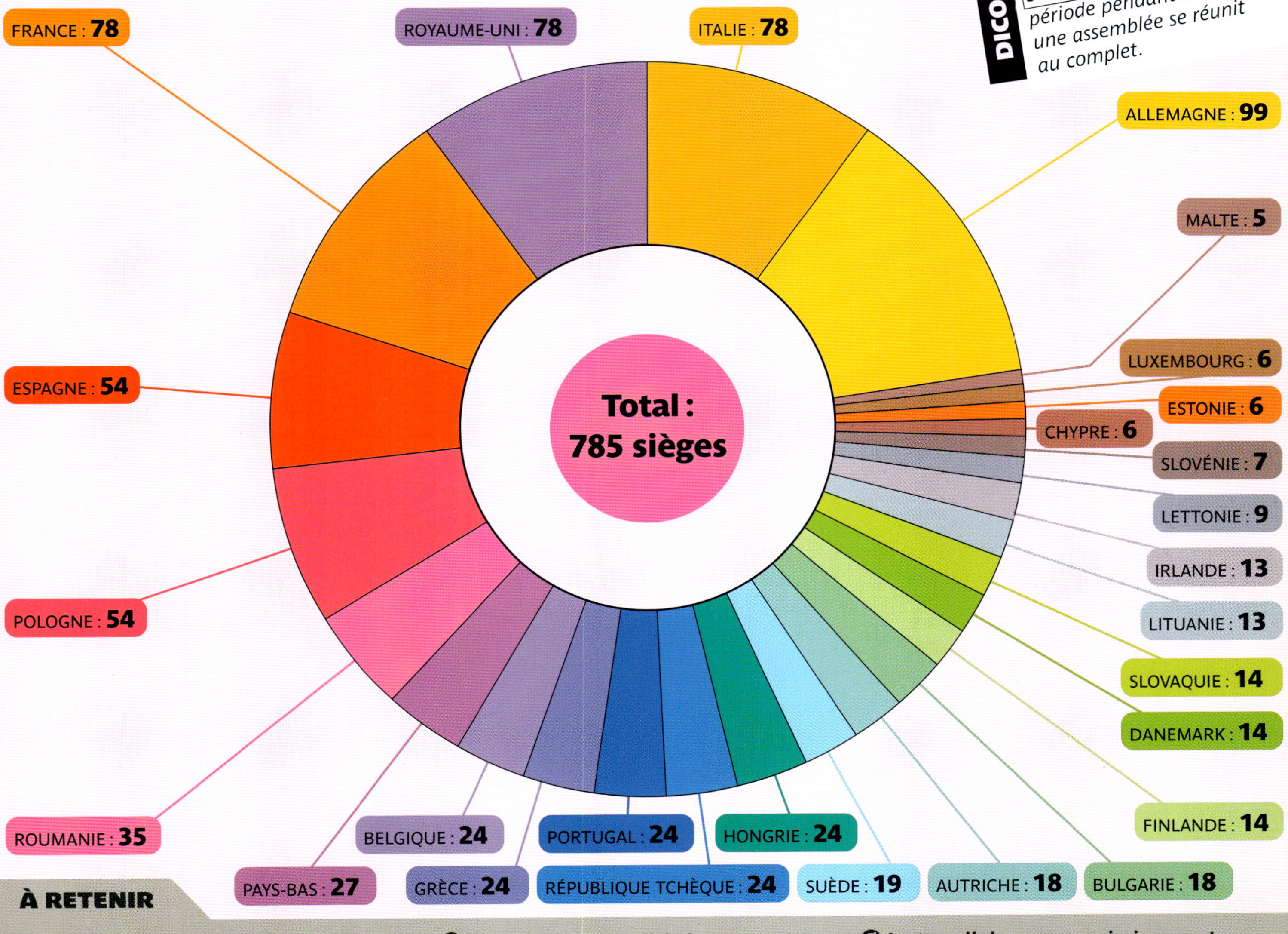

À RETENIR

1. Les citoyens européens élisent, tous les 5 ans, 785 députés, qui représentent les 482 millions d'habitants de l'UE.
2. Chaque pays dispose d'un nombre de députés en rapport avec sa population.
3. Le Parlement est dirigé par un bureau formé d'un président et de 26 vice-présidents.
4. Les députés sont répartis dans les commissions qui réfléchissent sur des thèmes et des propositions de lois.
5. Le travail de ces commissions sert à préparer les débats des sessions plénières du Parlement.
6. Les débats parlementaires sont traduits en 23 langues.

Comment se prend une décision européenne ?

Toute décision européenne, pour être appliquée, doit être acceptée à l'unanimité par les quatre institutions : le Conseil européen, la Commission européenne, le Parlement et le Conseil des ministres. Pour cette raison, il est parfois très long de faire voter une «directive».

Conseil européen

Les chefs d'États et de gouvernement fixent les grandes orientations de la politique européenne.

1

Commission européenne

Les 27 commissaires de la Commission européenne proposent les lois et contrôlent leur application une fois qu'elles ont été votées par le Conseil des ministres.

2

Parlement européen

Les 785 députés donnent leur avis sur les propositions de la Commission.

3

Conseil des ministres de l'Union européenne

Les 27 ministres votent les projets de décisions, appelées directives.

→ transmet

DICO
Commission : groupe de personnes désignées par leur gouvernement respectif pour proposer et débattre d'un projet.

À RETENIR

1. La Commission européenne, composée de 27 membres, élabore un projet.
2. Le Parlement donne son avis sur ce projet.
3. Le Conseil des ministres de l'Union européenne décide de son adoption.
4. Le projet peut faire des allers-retours entre le Parlement et le Conseil.
5. Le Conseil des ministres de l'Union européenne vote le projet.
6. On nomme la décision prise «directive» ou «règlement».

Le Quiz ! des Incollables

Es-tu prêt pour
un petit test malin ?

30 questions pour devenir incollable et épater tes amis et tes parents !

Le Quiz ! des Incollables

1. Que signifient les initiales CECA ?

2. Quelle est la religion la plus représentée dans l'UE ?

3. Quelle est la devise de l'UE ?
a. *Liberté, Égalité, Fraternité*
b. *L'unité dans la diversité*
c. *Unité et Droit et Liberté*

4. Combien de pays membres l'UE compte-t-elle aujourd'hui ?

5. En 4 lettres, monnaie de 13 pays de l'UE.

6. Vrai ou faux ?
Les pièces en euros sont les mêmes pour tous les pays.

7. Quelle institution, composée de ministres, vote les lois européennes ?
a. La Cour de justice
b. Le Conseil de l'Union européenne
c. Le Parlement européen

8. Combien y a-t-il de billets différents en euros ?

9. Comment s'appelait l'UE avant le traité de Maastricht en 1992 ?

10. Combien parle-t-on de langues différentes dans l'UE ?

11. Lors de sa création en 1951, combien de pays étaient membres de la CECA ?
a. 2
b. 6
c. 10

12. Vrai ou faux ?
L'UE est la 1re destination touristique du monde.

13. Comment est appelée une décision une fois qu'elle a été votée ?
a. Une direction
b. Une directrice
c. Une directive

14. Quel est le plus petit pays de l'UE ?

L'UNITÉ DANS LA DIVERSITÉ

Devise de l'Union européenne

Grèce

Italie

Chypre

Suède

Irlande

Royaume-Uni

Allemagne

Belgique

Luxembourg

Portugal

Pays-Bas

Espagne

Autriche

République tchèque

Danemark

Lettonie

France

Finlande

Estonie

Slovénie

Roumanie

Bulgarie

Les 27 pays membres de l'UE

Le drapeau européen

Sigle de l'euro

Pièce de 2 €

Pièce de 50 cents

Pièce de 20 cents

Pièce de 1 €

Pièce de 10 cents

Pièce de 5 cents

Slovaquie

Billet de 5 €

Pièce de 2 cents

Pièce de 1 cent

Lituanie

Billet de 10 €

Billet de 100 €

Pologne

Billet de 20 €

Billet de 200 €

Hongrie

Billet de 50 €

Billet de 500 €

Malte

À toi de jouer !

15. Cite 2 pays candidats à l'UE.

16. Combien y a-t-il d'étoiles sur le drapeau européen ?

17. Vrai ou faux ?
L'Espagne et la Grèce sont entrées la même année dans l'UE.

18. Quelles sont la superficie et la population de l'Union européenne ?
a. 1,93 millions de km² et 252 millions d'habitants
b. 2,93 millions de km² et 352 millions d'habitants
c. 4,3 millions de km² et 482 millions d'habitants

19. Quels est le pays le plus riche de l'UE ?

20. Quelle institution européenne réunit les députés élus de chaque pays ?

21. À quelle famille de langue appartiennent le français, le portugais et l'espagnol ?
a. Germanique
b. Romane
c. Grecque

22. Que fête-t-on le 9 mai dans l'UE ?

23. Vrai ou faux ?
Tous les pays de l'UE n'ont pas le même niveau de richesse et d'emploi.

24. Cite les 4 villes de l'UE dans lesquelles sont installées les institutions européennes.

25. Dans quelle zone du monde l'UE se trouve-t-elle ?
a. La zone riche
b. La zone pauvre
c. La zone en voie de développement

26. Quels sont les 3 pays de l'UE qui ont préféré garder leur monnaie plutôt que d'adopter l'euro ?

27. Vrai ou faux ?
Dans l'UE, le grec n'est parlé qu'en Grèce.

28. Combien y a-t-il de députés au Parlement européen ?

29. Quel célèbre compositeur est l'auteur de l'*Ode à la joie*, l'hymne européen ?
a. Wolfgang Amadeus Mozart
b. Frédéric Chopin
c. Ludwig van Beethoven

30. Quel est le pays le plus peuplé de l'UE ?

Les réponses

1. Communauté Européenne du Charbon et de l'Acier.
2. La religion chrétienne.
3. b. L'unité dans la diversité.
4. 27.
5. Euro.
6. Faux (le côté face est différent pour chaque pays).
7. b. Le Conseil de l'Union européenne.
8. 7 (500, 200, 100, 50, 20, 10 et 5 €).
9. La CEE (Communauté Économique Européenne).
10. 23.
11. b. 6 (Allemagne, Belgique, France, Italie, Luxembourg, Pays-Bas).
12. Vrai.
13. c. Une directive (ou un règlement).
14. Malte (316 km^2).
15. La Croatie, la Macédoine, ou la Turquie.
16. 12.
17. Faux (la Grèce fait partie de l'UE depuis 1981, l'Espagne depuis 1986).
18. c. 4,3 millions de km^2 et 482 millions d'habitants.
19. Le Luxembourg.
20. Le Parlement européen.
21. b. Romane.
22. La journée de l'Europe.
23. Vrai.
24. Bruxelles, Francfort, Luxembourg et Strasbourg.
25. a. La zone riche.
26. Le Danemark, la Suède et le Royaume-Uni.
27. Faux (il est aussi parlé à Chypre).
28. 785.
29. c. Ludwig van Beethoven.
30. L'Allemagne (82 millions d'habitants).

Alors, quel est ton score ?

De 0 à 10 bonnes réponses :
Tu peux certainement mieux faire...

De 11 à 20 bonnes réponses :
C'est un bon début, mais tu peux encore progresser...

De 21 à 30 bonnes réponses :
C'est bien, surtout si tu as les 30 réponses...

Qu'apporte l'Union européenne au quotidien ?

L'Union européenne permet d'améliorer la vie de tous les citoyens européens. Elle défend des valeurs comme la démocratie, la liberté et la justice et elle donne aussi à ses citoyens des droits (notamment dans les autres pays). L'UE encourage en effet la coopération entre ses peuples.

La libre circulation

Les hommes, comme les marchandises, peuvent circuler librement dans n'importe quel pays de l'UE.
- Avant, chaque pays avait son propre passeport, indispensable pour passer les frontières.
- Aujourd'hui, une carte d'identité suffit pour aller dans un pays de l'UE et tous les Européens ont le même passeport pour voyager dans le monde.

La protection de l'environnement

L'UE a voté des lois pour protéger la nature, les animaux et lutter contre la pollution. Par exemple, interdire l'essence avec plomb ou obliger les entreprises à réduire leur production de déchets et de gaz polluants.

Un permis de conduire commun

Quand tu obtiendras ton permis de conduire en France, à partir de 18 ans, il te permettra de conduire une voiture dans les autres pays de l'UE.

Le vote

Aujourd'hui, un Français qui habite en Espagne, par exemple, a le droit de voter dans ce pays aux élections municipales et européennes lorsqu'il a plus de 18 ans.

Des études dans un autre pays

Les jeunes Européens peuvent aller étudier dans une université d'un autre pays de l'UE ou travailler avec d'autres écoles primaires grâce à Internet ou la vidéo.

Le contrôle des produits alimentaires

Les produits alimentaires européens doivent être fabriqués et vendus selon des règles d'hygiène très strictes ; des labels européens ont été créés pour garantir la qualité des produits.

La sécurité des enfants

Tous les jouets et les tétines doivent porter le label CE (Commission Européenne), qui garantit qu'ils ne sont pas dangereux pour les enfants de moins de 3 ans.

Le passeport des animaux

Pour pouvoir emmener un animal de compagnie dans un autre pays de l'UE, tu dois montrer son passeport qui garantit que les vaccinations obligatoires ont bien été faites, par exemple contre la rage.

DICO

Hygiène : *propreté, santé.*

Label : *marque créée par une institution.*

À RETENIR

1. **L'Union européenne (UE) améliore la vie de ses citoyens.**
2. **Elle leur donne des droits : circuler librement, faire des études, conduire ou voter à certaines élections de n'importe lequel des pays membres.**
3. **Elle leur garantit la sécurité sur les produits alimentaires, les jouets et tétines, et la santé des animaux.**
4. **Grâce aux lois qu'elle vote, elle contribue à protéger l'environnement.**

Pourquoi l'euro ?

L'euro (€) est une des réalisations les plus concrètes de l'Union européenne. C'est la monnaie unique partagée par 13 pays (soit deux tiers de la population de l'UE). Elle permet de simplifier la vie des Européens, qui, à l'étranger, peuvent garder la même monnaie. De plus en plus de pays veulent adhérer à la monnaie unique.

Simplifier la vie des consommateurs

Avant l'euro, la France, comme chaque pays de l'UE, avait sa propre monnaie, le franc. Quand un Français voyageait dans un pays européen, il fallait donc qu'il échange ses francs dans la monnaie du pays ; c'était compliqué. Avec l'euro, les consommateurs des 13 pays peuvent payer leurs achats sans être obligés de changer de monnaie à chaque passage de frontière.

Les pays de la zone euro

Favoriser les entreprises

Pour les entreprises, la monnaie unique facilite les échanges commerciaux, mais aussi leur comptabilité.

Renforcer l'union entre les pays de l'UE

En se créant, la France comme la plupart des États européens, s'est dotée de sa monnaie nationale, vue comme un signe d'indépendance par rapport aux autres États. Avec la même monnaie, c'est donc un peu comme si les pays de l'UE ne formaient qu'un seul pays. Cela renforce l'idée d'union entre eux.

Être plus fort face aux États-Unis

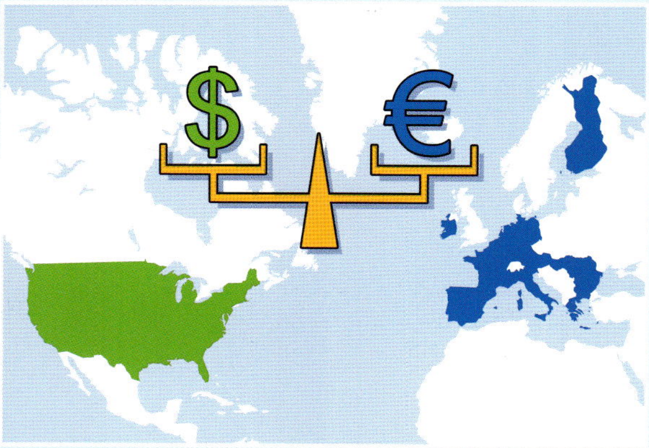

Plus la monnaie d'un pays est « forte », plus celui-ci est puissant. Jusqu'en janvier 2002, le dollar américain était la monnaie la plus forte du monde car la moitié du commerce mondial se faisait en dollars. Mais depuis cette date, l'euro est devenu la monnaie d'environ 300 millions de consommateurs : l'Europe devient ainsi une grande puissance commerciale et se renforce face au géant américain.

DICO

Comptabilité : fait de compter l'argent que gagne et dépense une entreprise.

Se doter : se choisir, acquérir.

À RETENIR

❶ Le passage à l'euro a changé beaucoup de choses en France et dans l'Union européenne (UE).

❷ Cela a simplifié les achats des consommateurs dans les pays membres de la zone euro. En effet, ils n'ont plus à échanger leur monnaie nationale à chaque passage de frontière.

❸ L'euro est depuis le 1er janvier 2002 la monnaie unique de 300 millions de consommateurs. Cela rend la monnaie de l'UE plus forte face au dollar américain.

❹ L'euro permet également de renforcer l'union entre les pays de l'UE.

Les billets en euros

Tous les billets et pièces en euros peuvent être utilisés dans les pays de la zone euro. Il y a 7 billets, identiques entre les pays membres. Les monuments dessinés au recto sont neutres et permettent une égalité entre les pays. Le verso du billet rappelle l'unité entre les pays, symbolisée par le pont.

Un billet de 20 euros

Le recto

Les initiales de la Banque centrale européenne (BCE en français) dans différentes langues.

La valeur du billet.

Un dessin de porte ou de fenêtre qui symbolise l'ouverture et la coopération entre les pays.

Le drapeau européen avec 12 étoiles.

La signature du président de la BCE.

Le mot euro, écrit en lettres romaines (en haut) et en lettres grecques (en bas) car les 2 écritures sont utilisées dans l'Union européenne.

Le verso

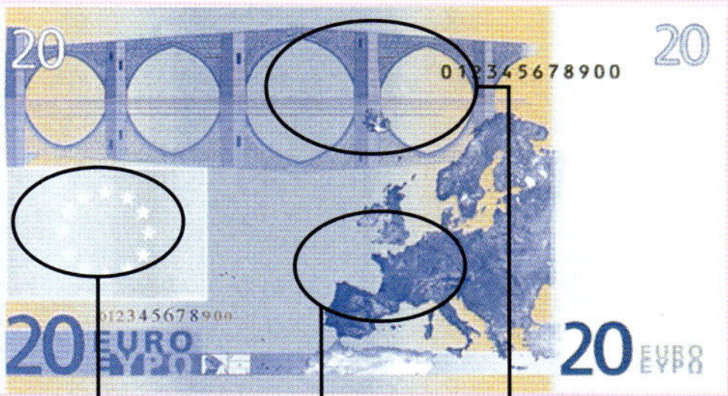

Le drapeau européen.

La carte de l'Europe est représentée sans frontières.

Un dessin de pont (qui n'est pas la copie d'un pont existant) symbolisant le lien entre les différents pays de l'UE.

DICO symboliser : *représenter quelque chose grâce à un dessin.*

Le recto des 6 autres billets

Billet de 5 euros
Architecture classique (qui date de l'époque grecque et romaine).

Billet de 10 euros
Architecture romane (à partir de la fin du Xe siècle).

Billet de 50 euros
Architecture Renaissance (XVIe siècle).

Billet de 100 euros
Architecture baroque et rococo (XVIIe et XVIIIe siècles).

Billet de 200 euros
Architecture de fer et de verre (XIXe siècle).

Billet de 500 euros
Architecture moderne (XXe siècle).

Source : Présentation de l'Euro aux classes de CM2. Ministère de l'Économie, des Finances et de l'Industrie.

À RETENIR

1. **Les 13 pays de la zone euro utilisent 7 billets.**
2. **Le recto des billets comporte une fenêtre ou une porte, dans le style architectural d'une époque donnée : romane, gothique, Renaissance…**
3. **Sur le verso des billets figure un pont qui symbolise les liens entre les différents pays.**
4. **Pour ne pas faire de jaloux, les pays se sont assurés que les monuments dessinés ne ressemblent à aucun bâtiment existant.**

Les pièces en euros

Contrairement aux billets, les pièces en euros ont une face commune à tous les pays membres et une face nationale. En France, nos pièces ont trois faces nationales différentes. Il existe en tout 104 pièces différentes, les 8 pièces des 13 pays de la zone euro, auxquelles il faut ajouter les pièces des micro-États, Monaco, Saint-Marin et le Vatican, qui ont également adopté l'euro.

Le revers ou côté pile : la face commune

Le revers d'une pièce en euros est le même pour tous les pays. Il est décoré de la carte de l'Union européenne avec des lignes transversales auxquelles s'accrochent les 12 étoiles du drapeau européen. C'est sur cette face que figure la valeur de la pièce.

L'avers ou côté face : les faces nationales

L'avers est la face qui contient l'élément principal d'une monnaie. Chaque pays a un ou plusieurs avers nationaux. Ces avers reprennent les symboles forts de l'histoire ou de la culture nationales de chaque État : un lion et la framboise sauvage pour la Finlande, le roi actuel du pays pour une monarchie, comme les Pays-Bas ou l'Espagne, un écrivain célèbre, comme Miguel de Cervantès, l'auteur de *Don Quichotte*, pour l'Espagne. En France, 3 dessins ont été retenus : le visage de Marianne, symbole de la République, la Semeuse et l'Arbre, symboles de vie, de croissance et de liberté.

DICO

Monarchie : pays qui a un roi comme chef d'État. Il a des pouvoirs plus ou moins étendus.

Transversal : disposé en travers.

Les 8 pièces en euros ou en cents

À RETENIR

1. **Il existe 8 pièces de valeurs différentes en euros.**
2. **Dans tous les pays qui utilisent l'euro, les pièces ont une face commune, appelée le revers. Sur ce revers figure la carte de l'Union européenne, avec, en fond, les 12 étoiles du drapeau.**
3. **L'autre face des pièces en euros, appelée l'avers, est nationale. Elle reprend les symboles de l'histoire ou de la culture nationales de chaque pays.**
4. **En France, il s'agit de Marianne, de la Semeuse et de l'Arbre.**

L'Union européenne dans le monde

Au cours des cinquante dernières années, l'Union européenne a atteint le statut de grande puissance mondiale. Elle exerce une influence dans le monde entier. C'est la première puissance commerciale et touristique. Elle est deuxième au point de vue économique, juste derrière les États-Unis.

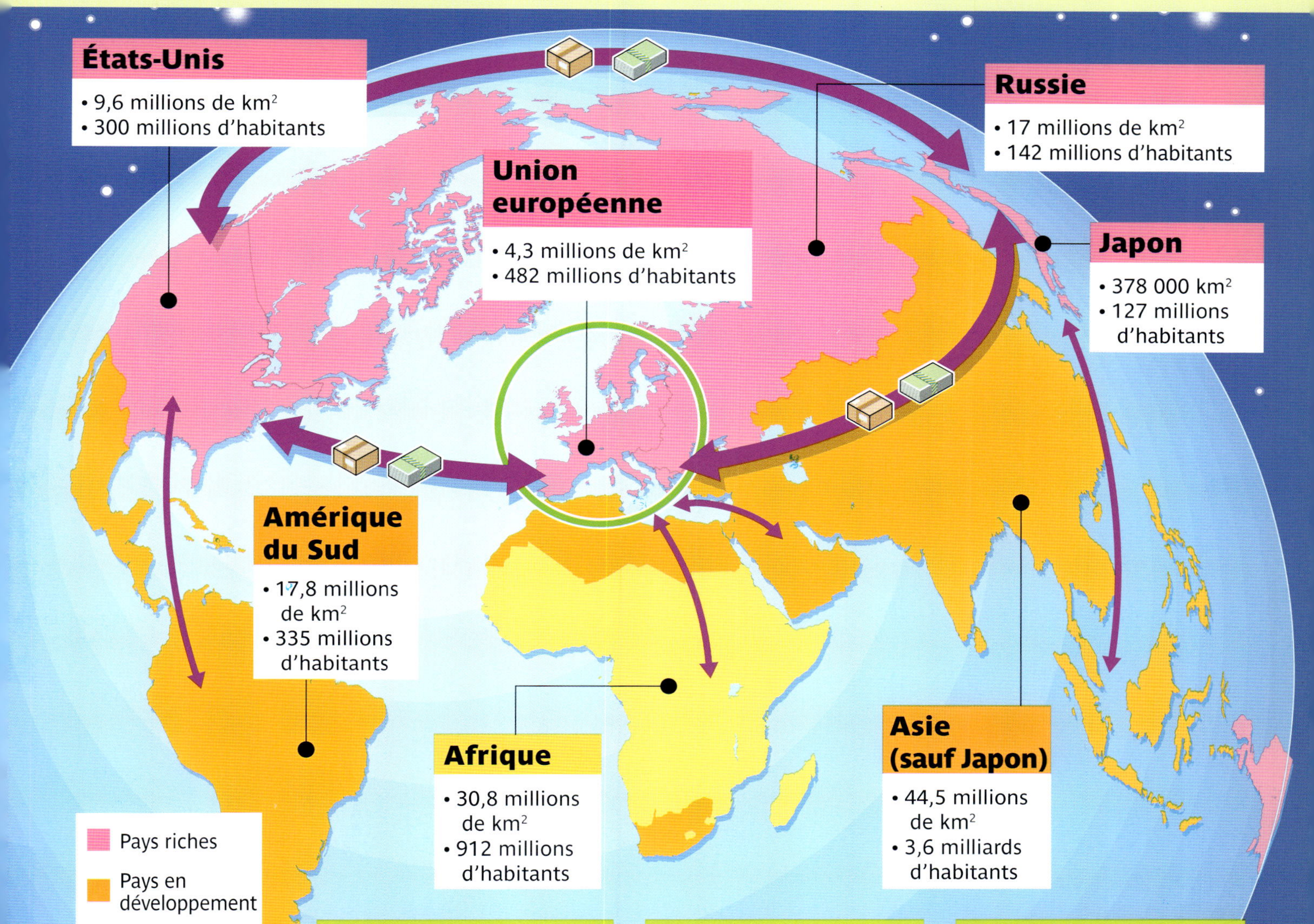

1re place des échanges

L'UE vend et achète le plus de produits dans le monde devant les États-Unis et le Japon. Ses principaux partenaires sont ses pays membres, puis les États-Unis et le Japon.

DICO Partenaire : personne ou pays avec lequel une autre personne ou un autre pays crée des relations.

2e puissance économique

L'UE se situe juste derrière les États-Unis, la 1re puissance économique du monde, et loin devant le Japon.

1re destination touristique

Loin devant les États-Unis et la Chine, l'UE est la zone la plus visitée du monde grâce à la France, l'Espagne, l'Italie et le Royaume-Uni.

À RETENIR

1. **L'Union européenne (UE) se trouve dans la zone riche de la planète.**
2. **Elle a une population importante par rapport à sa superficie plutôt réduite.**
3. **C'est la 1re puissance commerciale : elle achète et vend le plus de produits dans le monde, surtout aux pays de la zone riche.**
4. **C'est la 2e puissance économique, juste derrière les États-Unis.**
5. **Chaque année, c'est elle qui accueille le plus de touristes dans le monde.**

Adhérer à l'Union européenne

L'Union européenne est ouverte à tous les États européens qui remplissent les critères démocratiques, économiques et politiques nécessaires. Pour pouvoir entrer dans l'Union européenne, un pays doit déposer sa candidature, qui va être examinée au cours de plusieurs étapes et selon certains critères. Pour faire partie de l'Union européenne, il faut parfois attendre plusieurs années.

Les critères

Les pays qui veulent adhérer à l'UE doivent appartenir à l'Europe et remplir les conditions suivantes :

- respecter la liberté, la démocratie et les droits de l'homme.
- avoir une économie de marché, c'est-à-dire que les moyens qui permettent de travailler (machines agricoles, outils, usines...) n'appartiennent pas à l'État.
- respecter les objectifs de l'UE.
- respecter leurs engagements auprès de l'UE.

Les grandes étapes

1 Un pays dépose sa candidature pour adhérer à l'UE.

2 L'UE et le pays candidat préparent ensemble l'adhésion en fixant les efforts à accomplir pour pouvoir l'atteindre. Plus le pays est rapide dans ses efforts, plus le délai d'adhésion est court.

3 Quand l'UE décide qu'un pays est prêt pour l'entrée, un traité d'adhésion est signé entre ce pays et l'UE pour fixer le calendrier et les engagements du pays vis-à-vis de l'UE.

4 Le traité doit ensuite être ratifié dans les pays membres et dans les pays candidats par le Parlement ou par référendum.

DICO

Adhérer : *faire partie de quelque chose.*

Démocratie : *régime politique dans lequel les citoyens élisent leurs représentants.*

Ratifier : *confirmer officiellement un accord.*

Référendum : *vote de tous les électeurs d'un pays pour accepter ou refuser un projet.*

Pourquoi élargir l'UE ?

L'élargissement de l'UE permet :

- D'étendre la paix à tout le continent européen pour éviter que des conflits n'éclatent.
- D'augmenter le nombre de consommateurs, donc la puissance de l'Union européenne.
- De développer la place de l'UE dans le monde, surtout dans les négociations commerciales.

À RETENIR

❶ Un pays qui veut entrer dans l'Union européenne (UE) doit remplir certaines conditions.

❷ Son adhésion se fait ensuite selon 4 grandes étapes.

❸ Après avoir déposé sa candidature, le pays prépare son entrée dans l'UE.

❹ Quand le pays est prêt, un traité est signé, puis doit être accepté dans le pays candidat.

❺ L'ouverture de l'UE à de nouveaux pays permet d'étendre les zones de paix et de développer la place de l'UE dans le monde.

Les pays candidats à l'Union européenne

À la suite de plusieurs vagues d'élargissement, l'Union est passée de 6 à 27 États membres. Les dernières adhésions, en janvier 2007, concernaient la Bulgarie et la Roumanie. D'autres pays encore sont candidats à l'adhésion, comme la Turquie, la Croatie ou la Macédoine. Les négociations sont en cours.

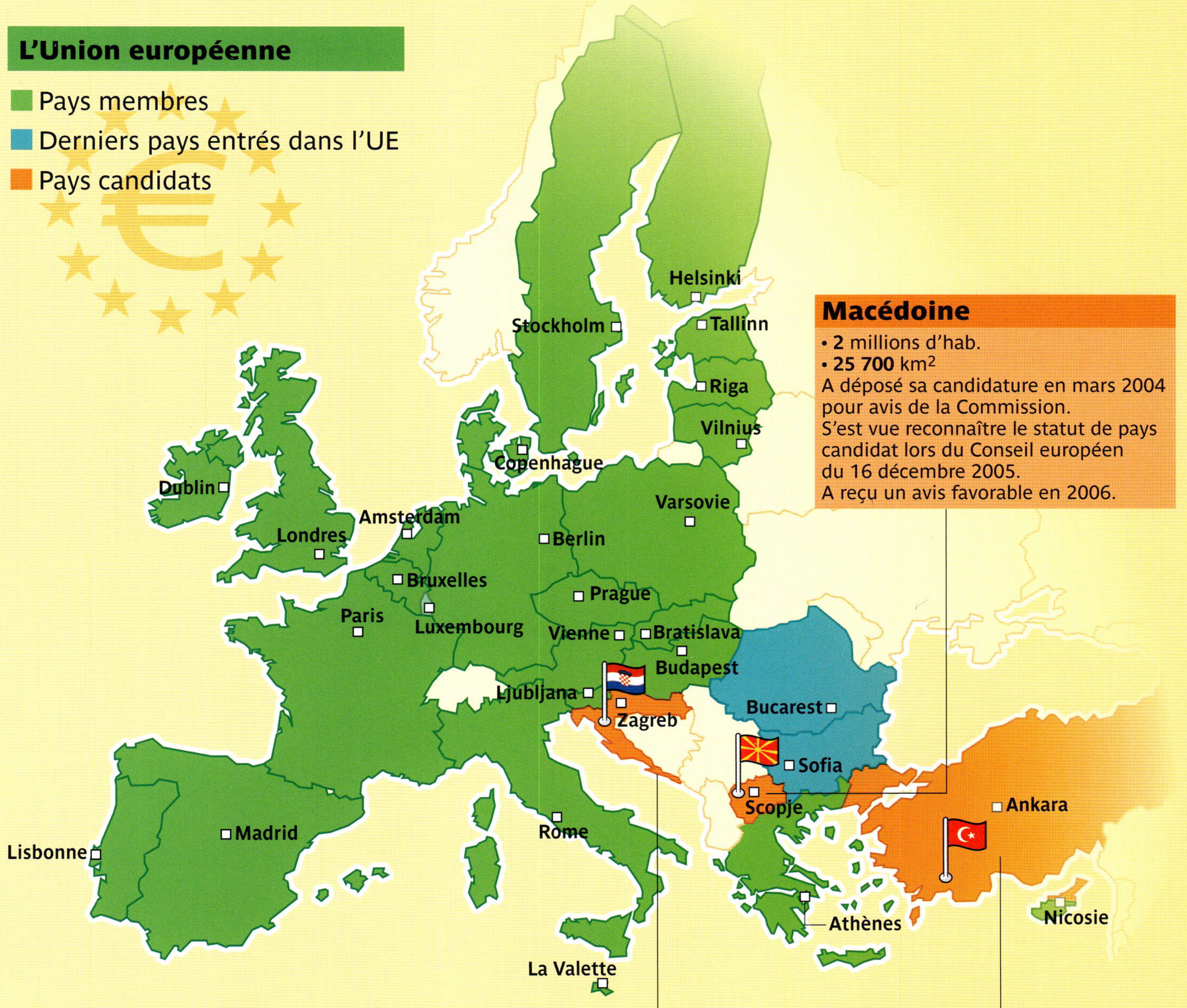

Macédoine

- **2** millions d'hab.
- **25 700** km²

A déposé sa candidature en mars 2004 pour avis de la Commission.
S'est vue reconnaître le statut de pays candidat lors du Conseil européen du 16 décembre 2005.
A reçu un avis favorable en 2006.

Croatie

- **4** millions d'hab.
- **56 500** km²

Demande d'adhésion déposée en 2003. Avis favorable de la Commission à la candidature et négociations en cours.

Turquie

- **74,7** millions d'hab.
- **780 600** km²

Demande d'adhésion déposée en 1987. Le 8 novembre 2006, la Commission européenne note que « des progrès supplémentaires considérables sont nécessaires ». Des négociations sont entamées depuis juin 2006.

À RETENIR

1. **Le 1er mai 2004, 10 pays sont entrés dans l'UE (Chypre, Estonie, Hongrie, Lettonie, Lituanie, Malte, Pologne, République tchèque, Slovaquie et Slovénie).**
2. **Le 1er janvier 2007, 2 nouveaux pays ont rejoint l'UE : la Roumanie et la Bulgarie. Il y a désormais 27 pays dans l'UE.**
3. **Actuellement 3 pays, la Croatie, la Turquie et la Macédoine, sont en négociation pour adhérer à l'UE.**

Les symboles européens

L'Union européenne (UE) est une famille de pays européens démocratiques décidés à œuvrer ensemble pour la paix et la prospérité. Les États qui la composent ont mis en place une série de symboles, afin de montrer leur unité grâce à une devise, un drapeau et un hymne européen. Le 9 mai est le jour d'anniversaire de l'Union européenne.

La journée de l'Europe

L'Union européenne (UE) s'est choisi une date pour fêter l'Europe : le 9 mai. Cette date commémore un discours prononcé le 9 mai 1950 par l'un des «pères de l'Europe», le Français Jean Monnet, homme politique (1888-1979).

Le symbole de l'euro

Il s'inspire d'une lettre grecque : epsilon. Ce choix est une référence à l'Antiquité grecque, époque où est née la civilisation européenne. Les deux barres parallèles qui traversent le E représentent la stabilité de la monnaie.

L'hymne européen

L'Ode à la joie, du compositeur allemand Ludwig van Beethoven (1770-1827), est l'hymne européen. Il n'existe pas de paroles officielles à cet hymne. Chaque pays conserve son hymne national. En France, c'est *La Marseillaise*.

La devise

Une devise est une courte formule qui exprime ce qu'un pays veut représenter pour ses citoyens. L'Union européenne a pour devise *L'unité dans la diversité*. Les 27 membres de l'UE sont unis politiquement et économiquement, mais chaque pays garde ses particularités culturelles, politiques, sociales…

Le drapeau

Il compte 12 étoiles disposées en cercle. Ce cercle symbolise l'union et l'égalité des pays de l'UE. Le nombre d'étoiles est fixe depuis le 26 mai 1986. Disposées comme les heures sur le cadran d'une montre, ces 12 étoiles représentent la perfection et la plénitude.

DICO

Commémorer : célébrer par des fêtes le souvenir d'un événement.

Hymne : musique et chant officiels d'un pays ou d'un groupe de pays.

Plénitude : sentiment de bonheur absolu.

Stabilité : lorsque la valeur d'une monnaie ne change pas.

À RETENIR

1. **Comme la plupart des États, l'Union européenne (UE) s'est choisi des symboles ou emblèmes.**
2. **Le 9 mai a lieu la journée européenne, en souvenir d'un discours prononcé en 1950 par Jean Monnet, l'un des «pères de l'Europe».**
3. **Le drapeau européen est composé de 12 étoiles dorées disposées en cercle sur un fond bleu.**
4. **La devise de l'Union européenne est *L'unité dans la diversité*.**
5. **Son hymne est une musique du compositeur allemand Beethoven. Il ne comporte pas de paroles officielles.**

Ton opinion nous intéresse !

Tu as découvert les Docs des Incollables la première fois :

❏ En magasin
❏ Par *Mon Quotidien* ou *Le Petit Quotidien*
❏ Par des amis, la famille
❏ Autre, précise : ....

Tu as reçu ce Doc des Incollables :

❏ Parce que tu l'avais demandé
❏ Sans l'avoir demandé
❏ Autre, précise : ....

Tu l'utilises pour :

❏ T'aider à faire un exposé pour l'école
❏ En savoir plus sur une leçon vue à l'école
❏ En savoir plus sur un thème qui t'intéresse
❏ Autre, précise : ....

L'as tu déjà apporté à l'école ?

❏ Oui ❏ Non

Dirais-tu que ce Doc des Incollables est facile à comprendre ?

❏ Tout à fait ❏ Plutôt
❏ Plutôt pas ❏ Pas du tout

Dans ce Doc des Incollables, qu'as-tu le plus aimé ?

....
....

Dans ce Doc des Incollables qu'as-tu le moins aimé ou qu'aimerais-tu changer ?

....
....

Si tu fais partie des 100 premières réponses, tu recevras en cadeau le **Doc des Incollables « Premiers hommes »**.

Dans ce tableau, pour chaque titre, coche les cases correspondantes :

	Je l'ai déjà	J'aimerais l'avoir
Les premiers hommes		
L'Égypte des pharaons		
La Gaule et les Gaulois		
L'Empire romain		
La Grèce antique		
Le Moyen Âge		
Les rois de France		
La Révolution française		
La 1re Guerre mondiale		
La 2de Guerre mondiale		
La géographie de la France		
L'Union européenne		
Les volcans		
La physique-chimie		
L'eau		
La génétique		
Les planètes		
La conquête de l'espace		
La protection de l'environnement		
La météo et les climats		
L'énergie		
Les dauphins et baleines		
Les dinosaures		
Les chevaux		
Le président de la République		
La justice en France		
Les grandes religions		
Les médias		
Le corps humain		
La musique et ses métiers		
Bien manger		
De la matière à l'Univers		
Les grandes inventions		
Géographie du monde		
L'éducation sexuelle		
La sécurité routière		
Le développement durable		

Quels autres thèmes aimerais-tu retrouver dans la collection Doc des Incollables ?

....

Les DOCS des INCOLLABLES ont été conçus avec une équipe d'experts. Si toutefois vous constatiez une erreur ayant échappé à notre vigilance, merci de nous écrire à :
Éditions Play Bac - 33, rue du Petit-Musc 75004 Paris

Cet ouvrage a été conçu et réalisé sous la direction de Play Bac. Nous tenons à remercier pour leur contribution : Amélie Blanquet, Jean-François Carémel, Maya Carrasco, Nicolas Chalandon, Anne-Sophie Congar, Valérie d'Anglejean, Claire Despine, Béatrice Fixot, Capucine Jahan, Anne-Lise Ladroyes, Armelle Lavagne, Brigitte Legendre, Edouard Leplat, Jacques Longuet, Antoine Mazelier, Bernard Paret, Laurence Pasquini, Marie Pèbre, Solène Robillard, Emmanuel Roc, Guillaume Roesch, Isabelle Southgate, Sophie du Vignaux et Marie-Hélène Westphalen.

Ton opinion nous intéresse !

TON NOM : ....

TON PRÉNOM : ....

TA CLASSE : ....

ADRESSE : ....

CODE POSTAL : .... VILLE : ....

Numéro de téléphone : ....

Mail : ....

Sexe : .... Date de naissance : ....

Nombre d'enfants de moins de 16 ans vivant dans ton foyer :

Filles : .... Âges : ......

Garçons : .... Âges : ......

En application de la loi informatique et liberté du 06/01/78, la fourniture des informations prévues ci-dessus est facultative et est faite pour permettre à la société ÉDITIONS PLAY BAC de réaliser son enquête.

Vous bénéficiez d'un droit d'accès, de suppression et de rectification des informations qui vous concernent et vous pouvez également, pour des motifs légitimes, vous opposer au traitement des données vous concernant. Si vous souhaitez exercer ce droit et/ou obtenir communication des informations vous concernant, veuillez vous adresser aux ÉDITIONS PLAY BAC : 33, rue du Petit Musc – 75004 PARIS.

Ces informations pourront être réutilisées par PLAY BAC pour des enquêtes ultérieures. Si vous ne le souhaitez pas, veuillez cocher la case ci-contre : ❑

Vos coordonnées pourront être cédées à des partenaires commerciaux. Si vous ne le souhaitez pas, veuillez cocher la case ci-contre : ❑

UNION EUROPÉENNE

Affranchir au tarif LETTRE

ÉDITIONS PLAY BAC

Enquête Docs des Incollables 2007/1

33, rue du Petit-Musc

75004 PARIS